夕晖诗草

田福卿　著

中国书籍出版社
China Book Press

图书在版编目（CIP）数据

夕晖诗草 / 田福卿著. –– 北京：中国书籍出版
社，2016.10
ISBN 978-7-5068-5798-7

Ⅰ. ①夕…Ⅱ. ①田…Ⅲ. ①诗集—中国—当代
Ⅳ. ①I227

中国版本图书馆CIP数据核字(2016)第211098号

夕晖诗草

田福卿　著

责任编辑	王逸群	
责任印制	孙马飞　马　芝	
封面设计	海　珊	
出版发行	中国书籍出版社	
地　　址	北京市丰台区三路居路 97 号（邮编：100073）	
电　　话	（010）52257143（总编室）　　　　（010）52257140（发行部）	
电子邮箱	eo@chinabp.com.cn	
经　　销	全国新华书店	
印　　刷	北京温林源印刷有限公司	
开　　本	787毫米×1092毫米　1/16	
字　　数	113千字	
印　　张	9.5	
版　　次	2016 年 10 月第 1 版　　2016 年 10 月第 1 次印刷	
书　　号	ISBN 978-7-5068-5798-7	
定　　价	28.50 元	

将人生延伸到无限的神秘之境

——读田福卿诗集《夕晖诗草》随感（代序）

王耀东

田福卿是我在北京交往的一位诗友，当时我在编《稻香湖》诗刊，他是诗友圈里比较活跃的诗人。在写旧体诗词过程中，在开发个体生命的体悟上，他有自己的个性，属于个性化写作。虽然写的是旧体诗，却能把自己置于当代文化的语境中，去写作、去创新。于是写出的诗就有了新颖的格调，让人获得一种新的美学韵味。今年三月底，他从北京寄来一本整理好的诗集《夕晖诗草》书稿。这是他继《绝句诗文集》出版后，静待付梓的第二本格律诗集。此诗集比上一本应该说有了新的探索，更多了一些自身生命的承载性，给人以新鲜感，不少诗作超越了传统的写实性，写得奇趣别致，有了新的精巧和变异，很值得祝贺。他也是七十多岁的老人了，能够不断除旧创新，打破局限，让旧体诗这种形式来适应社会的多元化、多义性、奇异化，是一种不容易达到的新鲜的年轻心态，也是他诗歌功力不断上升的主要因素。

中国自古以来就是一个诗的国度，几千年来诗人辈出，佳作如林，百花竞妍，流派纷呈。作为当代诗人，如何穿越这片苍茫群山，跃起在诗国的大河之上，将古体诗词这种形式播撒在世界诗坛的上空，是我们这一代诗人的使命。在当今这样信息多变的时代里，能勇敢地扛起写旧体诗的大旗，承古创新，让这株奇葩长出新枝，绽出新叶，实属不易。站在世界之巅来看当代中国诗坛让人耳目一新的现状，真是华夏子孙的骄傲。可以充满信心地说，中国的传统诗学又要吐蕾绽芳了。

　　要写好古体诗词，我认为必须从诗源上开掘。识其源，才知升华。有人说，诗的源头起于灵性与妙悟；也有人说诗源于经史。不读经史，不知诗之庞大，不知其源与流，便写不出好诗。这两种说法都有一定道理。除此之外还有人说，诗源于生活。没有对现代新生活的体验是写不出好诗的。这三种说法，各有自己的角度，难分伯仲。但从诗的创作角度看，能否说感觉才是诗的真正源头？没有最初的感觉，你的灵性也触发不起来，即使现实生活再丰富，没有诗感觉的人也发现不了生活中的诗意。感悟是天赋的哨兵。没有感觉这种神力相助，诗就缺乏神妙之语。从大量的名诗中我们可以看出，诗的开始都是诗人的直觉之眼最先发现了诗，从空无中发现了诗的本体。这个直觉一出现，就立刻拨动语言的深层结构，听到或读到诗的呼唤，让你喜悦，让你激动，使心灵的潜藏以最美的形式跳出，于是诗就脱然而生了。田福卿在写《观"是大世界"门前水云石》一诗时，就意想不到地爆发了这种感悟性："佛门净土卧何年？浓淡云山取自然。岂只艺遵非似论，人生禅意悟其间。"诗人的直觉，是一种观察，是一种审美，也是一种唤醒，于是就有了诗的活泼生命。所以现代诗人都在呼唤，诗人一定要有更多的直觉，才能体现纯粹之存在，达到自我超越，在诗中创造一个崭新的世界。

田福卿有不少旧体诗写得动静相生，情景交融，进入了以形写神的妙境。他写的《玉带桥》就是触物起情，写彼物即是此物，以喻结构了本体。诗中说："远瞧玉带小蜗牛，近取鳞波荡月舟。千载不曾挪半步，天天背客送人流。"诗中的"玉带"是彼物，"小蜗牛"是此物，在这些比喻的基础上，延伸出"近取鳞波荡月舟。千载不曾挪半步，天天背客送人流"的生动意境，给人增添了诗的美感。他的另一首《镜桥》："放线西堤项链穿，此珠席列北桥端。人诗两水夹明镜，我句独虹卧柳烟。"运用比兴。南宋时期有一篇诗文叫"文则"，就讲到了诗的比兴。文中说："易之有象，以尽其意，诗之有比，以达其情。"就是说古体诗词必须借物之相，取其喻体，互相渗透，相交为用。诗人首先发现这道西堤类似一条项链，并以"此珠席列北桥端"为前提，才有了后边"人诗两水夹明镜，我句独虹卧柳烟"的抒怀与达情。田福卿的不少诗都具有这种起兴转合的特色。此种表现手法，贵在意深新颖，让人读后有冲动感。比兴的关键，就在于打通诗人的通感，通过通感达到感象到意象的转移，也就是说诗人的感官一下子打响了，就把另一种感官打通了，一些看不见的象征也就应运而生，产生共鸣，这就是诗的美学价值。

要写好古体诗词，最难的是打破习俗，就怕写来写去格式化、通体化。特别是一些写景诗，题材相近，取景相似，很容易陷入老套子。田福卿的不同之处就在于敢于打破平庸，敢于出新变异，使诗变得有新鲜感、陌生化。他的《案头小榴花》写的是极小的一朵花儿，却在立意上下了一些功夫，达到了诗人意想不到的诗美。诗美是诗之根本，所以诗有了体现美的意象，它就显示了诗的成熟与不凡。这首诗写道：

风吻榴花戏案头，含羞一点粉腮柔。
痴情最是青葱叶，陪伴嫣红过夏秋。

诗人在此沿着外在之象，去求索内在之象，将意象隐含在内，诗中的意象已经不再是物，而是灵动的小美人了。"风吻榴花戏案头"一句，虽有象形，但形象化不大；第二句"含羞一点粉腮柔"已经拟人化到了后两句："痴情最是青葱叶，陪伴嫣红过夏秋。"诗的意境就更扩大了。此处的"含羞一点粉腮柔"化美为媚，媚是动态之美，正因有了这种动态，顾盼神飞灿烂嫣然，出现了百看不厌之美，给读者留下更大空间，显示了一种跨越时间的空灵美。这样的诗才是好诗，也是诗的绝妙之境。

诗的创新是一次探险，一次攀登，更是心灵的一次爆发。诗的本质在于内在意念的不凡，它是心灵悟语与文字的一种流动。诗人抓住了这个流动的瞬间去凝望与遐想，将其升华，也是诗的一种凝结。正如外国诗人马拉美所说："静观物象，于其呼唤这幻想中，当想象飞扬之时，'歌'乃成"。也有的说：诗"是一扇门一开一启所洞见"。这就是诗的不凡创造，也是一个最完美的生命的诞生。田福卿的《穿过＜乾隆石经＞所感》，就是抓住了意念的一刹那，于是就写出了诗句流畅意调铿锵的好诗：

碑文儒典九十通，一墨十寒字血凝。

脚步轻穿石径里，心门仍叩刻刀声。

此诗开启得有深有浅，不仅语言简练，内容的密度也很大。其中对于碑文的奥妙隐在了"一墨十寒字血凝"之中，有了言外之意、弦外之音。这样的好诗可以引起读者百读不厌的欣赏。我们常说，好诗尽在不言中，就是这个道理。好诗都有一种心理的暗示性、影射性，而且象征又要融入自己的见解，这种多层面、多侧面的象征，是中国古体诗词之所长与个性，写作时需要注重意象的联想，扩大诗的内涵，这是时代所需，历史的必然。

为了使意象新颖，就要增加语言的密度，甚至还要有一言百情的多意象，这是现代诗所要求的"字唯其少，意唯其多"的表达方式。诗人艾青在诗论中也讲到，诗要写好必须要有"饱满的隐藏"。诗人田福卿的旧体诗就有这种特质，他用一种主体的审美表达主观的体验，于是就有了一种凝炼的形式和稠密的内涵。他写的《看老者放风筝》是一件最平常的事，最不容易出新，然而他注入了自己的感觉，诗写得就有了一种新的见解与联想。诗曰："长丝风扯上蓝天，坐放闲情望纸鸢。养性延年必修课，阳春醉享找华年。"

他的另一首《长廊》小诗写得也很别趣："展翅凤凰依北岸，挡风遮雨护游闲。情舒慈母修长臂，更佑宝珠一碧潭。"

这首诗首先注入本体，站在本体的角度进行直喻、隐喻，增强了语言的弹性，将诗的隐含导入无限的领域。对于诗的这种凝视心灵、忠于心灵的开发，并以心灵的孕育作为诗的承载，这是一种超然式写作，一种打破局限的开拓。诗人对诗在自身的感悟上已经意识到了这一点，他在《后记》中也写到了这种实践，即"此集则是格律诗作实践的探索"。他的不少诗都从新颖角度告诉了我们他在这方面的成功与探索，是真纯智慧的显示。

由于古体诗词的传承，形式的固定性，用语用字均受限很大，很难用当代语汇去表达。虽然田福卿尽力地应用了当代话语的内容，但在一些情况下，也不得不去因袭前代的诗语，在功力上、技巧上，字字注重平仄、对仗，讲用典，讲韵律，进入它的"符号系统"。总体讲旧体诗的创新难度很大，但是，由于中国古体诗词诗语的丰富延伸，积累了诗的一系列规律化创作经验。例如意境多重性，营构的空间性，对国际诗的发展影响很大。现代派意象大师艾略特、庞德、帕斯等获诺贝尔奖的诗人，不少是受到了中国汉诗的深刻影响，才成就的。当代中国古体诗词群体的迅速崛起，是中华民族诗歌繁荣的一个标志。我们一定要抓住这个难得的机会，努力开掘这份珍贵的财富，不断地开拓其诗的新境界，不泥古，力创新，逐渐揭开传统诗词之迷，登攀诗路的新高峰。

在诗集的最后，我惊喜地看到他女儿海涛的几首新诗作，从另一侧面展示了她勇于创新的勇气。她在《他的梦》一诗中写道："我多愿，多愿变成七彩笔／帮他把梦涂得更加灿烂辉煌！"这首诗也是意高格高的诗美表达。从这本诗集看，诗已经将全家人延伸到无限神秘的诗境之中，将人生与创作攀上一个创新不休、探索不止的高度。这个家庭是创造一种神圣殿堂的高地。

说实在的，我对旧体诗词的研究仅仅是个开始，细看这部《夕晖诗草》也是一种学习，理解未必准确，恳请方家指正。

2016.5.10—15 于山东潍坊

诗朋文友鱼雁信札（部分）：

他们是：

原世界诗人大会副主席、著名诗人雁翼先生

中华诗词学会副会长赵京战老师

中国音乐文学学会副主席、著名诗人、歌词作家石祥先生

中国作家协会会员、著名当代诗人申身老师

《中华诗词》执行主编、著名诗人高昌先生

中国民间文艺家协会会员、河北作家飞雁先生

原《航天文艺》主编、著名诗人张蓬云先生

《超然》诗刊主编柳笛先生

目　录

京城拾珠

外埠捡贝

题诗留字

京城拾珠

玉渊潭（三首）

落樱缤纷

残雪悠悠落粉白，葬花黛玉可曾来？
不妨捧起红楼事，一吻胭脂碧玉钗。

(2015.4.23)

柳桥映月问

送爽微风柳下桥，迷途问路小石标。
凉阴桥下何为月？半掩湖光细苇摇。

（2015.6.18）

观荷樱花园

丹醉瑶池碧醉波，芙蓉玉立俏嫦娥。
琼园一对娇仙子，三月樱花六月荷。

（2015.6.18）

八大处（八首）

新山路

曾扒石嶝绕回旋，气喘嘘嘘始半山。
今上新途一挥手，青云七处搂怀间。

（2015.4.25）

观"是大世界"门前水云石

佛门净土卧何年？浓淡云山取自然。
岂只艺遵非似论，人生禅意悟其间。

（2015.4.25）

山腰廊桥

层虹次第半山腰，小憩客流接力桥。
管理链接人性化，原来爱字可云霄。

（2015.4.25）

惊观中华神龙砚

吨石大砚台，华夏牡丹开。
灿烂龙文化，千年打此来？

（2015.4.25）

山顶关帝庙

凛凛威严关帝庙，峰峰凝望令旗摇。
铜墙铁壁京门锁，夕照残阳偃月刀。

（2015.5.7）

映翠湖偶见

平湖风甩柳丝长，摇曳荆丛落紫香。
桥下鸳鸯情戏对，快门一按影留双。

（2015.5.23）

龙王堂

宝殿玲珑树洞天，龙宫出海座高山。

老王谕旨仍宣下，脚底淙淙圣水泉。

（2015.6.4）

山门茶马古道雕塑注脚

卸却茶香重，鬃蹄抖落尘。

关前休整后，古道正阳门。

（2015.6.4）

圆明园（十首）

广育宫遗址

广育宫难避灾祸，碧霞清泪柳丝垂。
强人不怕遭鞭挞，敢对玉皇生是非。

    碧霞：传说中玉皇大帝的女儿。

（2015.4.29）

别有洞天

傍水依山古柳垂，炼丹道士静修为。
君王昔赞徒留句，今只残留记事碑。

（2015.4.29）

鉴碧亭

鉴碧亭居柳绿间，清波漫渡断桥弯。
古风旧貌朦胧去，夕照新妆已数年。

（2015.4.29）

万花阵

八卦迷宫百转图，匠心独运卧龙符？
兴钻疑阵皇家趣，叹只新砖旧瓦无。

（2015.5.4）

西洋楼遗址

断壁狼藉破瓦尘，残垣荒颓乱丘坟。
七横怒目遭兵燹，八竖昂扬几代人？

（2015.5.4）

黑天鹅影吊澹怀堂

澹怀堂殁冷凄零，基剩残丘殿毁容。
丘对孤鹅形影吊，沙洲空籁寂无声。

（2015.5.4）

含经堂废墟观牡丹

一片蛮荒换地天，含羞玉立牡丹仙。

海涵国色花昂首，犹似宫娥探御园。

（2015.5.4）

凤麟洲

水抚鳞鳞旧址愁，几曾太后憩麟洲？

丛荻似晓当年事，刷洗积贫负辱丘。

（2015.5.4）

残桥

枰布千湖万亩园，桥虹两百碧珠衔。

当年饱受塌天祸，独卧荒丘几块砖。

（2015.5.20）

责问当年福海老龙王

源溯君知大海湾，滔滔滚滚不竭泉。
缘何不倾泼福海，灭火消灾保御园？

（2015.5.20）

十渡（五首）

山景

十渡层山致有灵，似楼似塔似凉亭。
天工自有天工力，盘古此间游海龙。

（2015.5.2）

万景潭

潭周观景万丛峰，猩母爱怜孙悟空。
五指山徒高万仞，奈何腋下小精灵？

（2015.5.2）

峰顶水云奇观

古渡显神灵，祥云驾雾腾。
晨迎客十里，高挑酒旗风。

（2015.5.2）

拒马河展一幅画

皱黛抹峰廊，游龙拒马长。

趋同风景美，何必再漓江。

（2015.5.2）

蘑菇石

石身石帽野溪间，雨打风吹只等闲。

昂首中流成砥柱，凛然铮骨立千年。

（2015.5.2）

碧云寺（二首）

衣冠冢上九龙柏

金刚宝座塔玲珑，聚首通衢四面风。
苍柏九龙根不忘，逸仙甘露水滴情。

（2015.5.6）

水泉院

石砌森森峭壁城，淙淙流水古龙松。
涵天洞府清幽地，天籁无声胜有声。

颐和园（十七首）

玉带桥

远瞧玉带小蜗牛，近取鳞波荡月舟。
千载不曾挪半步，天天背客送人流。

（2015.5.9）

长廊

展翅凤凰依北岸，挡风遮雨护游闲。
情舒慈母修长臂，更佑宝珠一碧潭。

（2015.5.9）

镜桥

放线西堤项链穿，此珠席列北桥端。
人诗两水夹明镜，我句独虹卧柳烟。

西堤老柳

畴昔玉立列西堤，今长疙瘩展叶稀。
同享蓝天湖水韵，搏风斗雨老皴皮。

（2015.5.11）

界湖桥夕影

界湖桥挽两湖娇，细浪粼粼荡水谣。
曲溅船声游客远，夕阳斜照柳垂梢。

（2015.5.11）

铜牛

一卧湖边数百年，未曾挪步走沙滩。
圆睁怒目谁人惹，竖起冲天两把镰。

（2015.5.11）

西堤小憩

佛香阁远柳帘东，皇顶龙船荡客情。
犁水舟冲浪拍岸，参差石叩野蛙声。

（2015.5.11）

品藏文昌院

堆珠砌玉满文昌，浑是皇家百宝箱。
昔日御食天子宴，今朝饕餮庶民尝。

（2015.5.29）

知春亭

知春亭座岛西凸，对岸层林等柳苏。
雪去先观早春景，霜来首品暮秋图。

南湖船下柳西堤

南湖船下柳西堤，皇帝耕天驾铁犁。

庶子临汀今放眼，葱茏一片子规啼。

（2015.5.30）

柳桥亭下赏初荷

赏荷亭下柳桥西，颐指冰清靓满堤。

乡老怯瞧西子面，腾云驾雾醉迷离。

（2015.6.26）

生态团城湖

团城湖锁铁栏杆，飞溅啾鸣百鸟园。

同戏一盆甘露水，荫及后代万千年。

（2015.8.7）

水操学堂

户牖寒苔锁旧房，清军原作水学堂。

若能秉旨实操办，岂不人皆邓世昌！

（2015.8.7）

风雨永和号

岁蚀月腐铁斑驳，静卧轻风扣耳说。

几助学员水中练？侍独太后浪花波。

永和号：水操学堂旧址展出的一晚清小船。

（2015.8.7）

南湖岛

画舫停泊客下船，寻踪上岛解疑团。

离宫岂将彤门闭，慈禧魂归驻跸闲？

（2015.8.9）

后湖

后湖幽谷响叮咚，琴语箫歌妙有灵。
更叹苏州水乡趣，一街南国酒旗风。

西堤

东西湖水一堤分，亭殿连珠景色新。
既比苏堤西子看，何无烟柳断桥痕？

北海公园（三首）

九龙壁

九龙悬壁列仙班，唤雨呼风只等闲。
劳苦功高世称颂，护潭碧水荡青莲。

（2015.5.12）

白塔

春深琼岛落船帆，息鼓收金驻海滩。
白塔俨然一舵手，白云扯下秀披肩。

（2015.5.12）

濠濮间

云岫水流弯，瑶台曲径闲。
林森幽静处，不见小神仙！

团城（四首）

渎山大玉海

金鱼龙仔瓮中游，玉海能斟日月畴。
若酒仙翁失手醉，不淹北海没琼州？

（2015.5.12）

白袍将军（白皮松）

白袍一抖帅将军，忠烈杨家有后人。
沙场群英魂不倒，团城今又守辕门。

（2015.5.12）

白玉佛

承光宝殿玉佛尊，善目慈眉度善真。
玄奘取经如缅甸，何劳身后苦僧人？

遮荫侯（青松）

伞护浓荫几百年，根深叶茂老神仙。
秘诀若问何延寿，水乳交融百姓间。

(2015.5.12)

北京植物园（六首）

紫丁香树下

一路抬头觑，纷闻片紫香。

赏花人已醉，独我暗神伤。

赏春

乙未春来风月早，馨香怒放展花鲜。

莫非夏纳节移此，铺就毯红林木间。

恭拜大卧佛

无量光佛卧榻床，慈眉善目似眠长。

眠长自有难圆梦，轻脚毋惊梦里香。

（2015.5.14）

老油松

屯云夹道两排松，华盖疏枝籽抱铃。
人道常青松不老，常青何必再添丁？

与摄影师对话

寿星槐老护阴宽，数炮藏猫伞下边。
静候凝眸何猎物？常来靓鸟聚花间。

（2015.6.9）

池树秋

池树风摇落叶凉，压枝红果散秋香。
欲寻春夏瑶台境，已作黄花昨日芳。

北京国际雕塑公园雕塑（七首）

无题雕

飙车竞技上桥急，马不着鞭自奋蹄。
若想前超领头雁，除非东落日出西。

《信天游》雕

两个邋遢小犟牛，喇叭吹奏信天游。
上行气运刚收腹，肥裤浑然往下溜。

（2015.6.5）

《飞花》雕

风吹裙摆惹风流，尴尬娇娃扯盖羞。
每过此雕频点赞，总觉风俏吻腮柔。

《聚散》雕

砖垛杆高垮雨风，半截散落挂云空。
离合聚散寻常事，缘自根基不老松。

（2015.6.5）

《鲸之泉》雕

误入草坪泉水冲，藏头露尾状犁耕。
甘当怪兽奇标本，铭刻童年记忆中。

《摇滚青年》雕

潇洒青年醉舞风，吉他一对劲歌声。
平台静寂无人语，四野丛林侧耳听。

《故乡情韵》雕

指按口吹西管长，腰身不见作支梁。
留白此处空灵意，任客添加笔墨香。

（2015.6.20）

郊野公园（十一首）

看老者放风筝

长丝风扯上蓝天，坐放闲情望纸鸢。

养性延年必修课，阳春醉享找华年。

林荫一瞥

浓荫亦解护春芳，野帐篷花散落香。

树欲参天君莫扰，何由为汝做绳床？

（2015.6.24）

钓湖

槐老篱疏野草青，湖光碧水映残亭。

数翁倒影闲垂钓，谁是子牙姜太公？

藤下情

藤萝爬蔓上竹棚，斗雨搏风挂彩铃。

翁妪相携藤下坐，山南海北唠曾经。

（2015.7.26）

古庙

烟树参差户不开，更无暮鼓对青苔。

残碑败瓦绝香客，独我参禅拜庙来。

（2015.10.26）

古槐

闻道千年老树槐，疏枝残叶皱皮衰。

明知稀古风难禁，谁砍柯桠作劈柴？

（2015.10.26）

溜冰场

白杨树下溜冰场，废久失修满目苍。
偶有顽童滑板过，收缰勒马唤爹娘。

（2015.10.28）

为一组耕牛犁地雕塑所作

犁地犄牛惧响鞭，躬耕垄亩绿芊芊。
此情早已成黄历，留给娃娃品祖先。

（2015.10.28）

雨中秋

微风细雨浥秋魂，姹紫嫣红染俏林。
此景虽娇羞日短，霜寒孕雪叩冬门。

小丘

湖边拾步上重陔，薄土贫瘠草木衰。

沥血呕心栽日月，安能不长栋梁材？

雷阵雨

日丽风和看过来，清香几树沁心怀。

忽然一阵狂飙雨，一片残红遍地哀。

香山（七首）

老松

雨霁淫浓漫步蹒，秋林心挂老松间。
寻仙觅鹤阴凉处，枝下听莺鬓已斑。

（2015.8.4）

登天梯

崚嶒曲径高，登陟上云霄。
亭下惊回首，丘山滚碧涛。

（2015.10.23）

鬼见愁

仰看香山鬼见愁，一尊弥勒笑风流。
披风沐雨翩然坐，肩助客爬绝顶头。

（2015.10.23）

眼镜湖

砌石留住两潭秋，客对湖亭叹景幽。
透亮晶莹一双眼，红尘看破隐荒丘。

（2015.10.24）

仰望山巅

山巅峰险势峥嵘，酷似威严站哨兵。
千里西山铁篱竖，拦风挡雨保京城。

（2015.10.24）

静翠湖一瞥

翠谷天工镜自开，皇亭桩脚印青苔。
倚栏闲叟垂杆钓，人弃小瓶捞上来。

（2015.10.24）

红潮十月

香山十月知寒早，一片秋红挂树梢。
漫卷黄栌风阵阵，乱摇霜叶闹红潮。

（2015.11.9）

国子监（二首）

龙柏

青筋鼓暴老龙钟，正气昂扬两袖风。
贡院岂容奸佞至，柯曾笞冕惩严嵩。

穿过《乾隆石经》所感

碑文儒典九十通，一墨十寒字血凝。
脚步轻穿石径里，心门仍叩刻刀声。

天坛（四首）

祈年殿

琉璃园筑似粮仓，祈祷年丰几炷香。

琼殿囤积祭天事，导游不吝道君王。

回音壁

相衔首尾大圆墙，此处发声彼处狂。

几百年前一声吼，于今仍在绕圈忙。

（2015.9.25）

三音石

三音石卧响阶台，难道神仙奏乐来？

乘兴跟风忙举步，学人双手打节拍。

七星石

星石散落东南地，紫气烟腾问客稀。
老话传说陨星落，夜寻北斗可消疑？

（2015.9.25）

APEC 会址（三首）

墅前停机坪

五洲别墅各风情，款待朋宾亮赤诚。

草请花迎独雅处，专泊总统"小蜻蜓"。

小蜻蜓：指小飞机。

会址小岛

葳蕤草木滋春雨，宏伟殿堂华夏风。

水荡轻歌唱环绕，陆开小岛俏玲珑。

（2015.9.27）

远看日出东方凯宾斯基酒店

水上浑然大海螺，招龙引凤小天鹅。

京城吹起冲锋号，借力东风 APEC。

小区·家（十七首）

吟诗门前小凉亭

燕雀鸣春赏翠微，闻香吟夏远蝶飞。

推平敲仄凉亭下，炼句成丹趁落辉。

用女儿"小区无处不江南"句成诗

幽篁花木绕楼间，雨浥轻尘润草鲜。

娇女吟诗谈感慨，小区无处不江南。

老榆

秃枝败叶挂夕烟，雨打霜欺老树残。

臂挂一根龙拐杖，躬身邀我忆当年。

楼前花园小品

竹影榴花月亮门，洞开石径小亭新。
爱怜小品堪为画，常有玩家取景深。

秋木槿

枝举琼花朵朵肥，俏然佳丽紫湘妃。
忽来一夜狂飙雨，掩面含羞在等谁？

假山·小凉亭

假山人造小亭真，俯看秋湖醉柳荫。
如若阳春来此憩，花仙袂舞伴闲君。

水榭

廊下荷池柳色新，秋鸣木挂俏冰轮。
几曾选作瑶台地，影视天涯若比邻。

　　中央电视台几次在这里取景。

环流水系

楼间桥下绕清溪，水涨池鱼闹柳堤。
不尽源头自何处？苇丛瑟瑟道玄机。

槐养白蜡

紫槐苍老两合围，叶漏疏枝影漏辉。
惊诧怀中桠抱处，蜡苗奶过正依偎。

　　北鱼塘岸边老槐树枝桠处，长一根扎
　树身内的小白蜡树苗。惹人驻足。

知寒黄金树

寒催雨润果香熟，五彩朦胧已暮秋。
秋暮谁发冬讯至，金风吹叶落枝头。

（2015.10.10）

秋色

霜林尽染竞斑斓，墙挂爬山虎叶燃，
几处黄栌擎火把，赏秋何必去香山？

（2015.11.18）

客厅欣赏外孙女弹奏古筝

行云流水潮声远，万马奔腾又到庭。
弦指如能弹不懈，秦筝也育小明星。

（2015.6.17草，11.19改定）

案头小榴花

风吻榴花戏案头，含羞一点粉腮柔。
痴情最是青葱叶，陪伴嫣红过夏秋。

屋角绿色

茉莉紫萝情梦长，凉阴屋角吻阳光。
雾霾潮涌窗前滚，自有盆花一堵墙。

寒舍

窗前才赏芙蓉美，庭后又瞧芍药黄。
万紫千红一幅画，草庐独卧画中央。

闲趣

苍山撷取景奇葩，潮水追风捧浪花。
闲老闲中找闲趣，心田半亩种诗芽。

泪雨小孙女

爹妈恐透着鞭雨，一任泉珠乱滚腮。
惊诧燕雏年尚小，爱芽心底长出来。

日前，见窗外大雨，年刚四岁的孙女
哭着说：爸妈会被雨淋的。

（2015.7.9草，11.19改定）

奥林匹克森林公园（二首）

土丘鸟瞰

烟雨土山临鸟巢，亭湖柳曳小船摇。
中轴又绿休闲地，水戏鸳鸯入洞桥。

参观某书法家书法展

刀劈斧砍字殊狂，虎跃龙腾抹满墙。
墨海临池终练少，字拙吾辈小刀枪。

书法展设在公园里。

（2015.6.21 草，9.29 改定）

妙峰山（二首）

山口

路标醒目亮峰端，脚下清溪绕水湾。

临岸几竿垂钓影，泊荫数辆大奔闲。

暖阳对侃新亭后，冷月听书老殿前。

如欲庙前朝拜去，西驰车马点青山。

庙：指娘娘庙。

娘娘庙

拜山信众跪云层，香火烟纱卷雾腾。

金碧辉煌松隐殿，俨然峰柱座天庭。

娘娘庙为妙峰山主要景点。

（2015.10.16）

西郊某培训中心（三首）

避暑中心

傍水依山阅险峰，丛花林木拱凉亭。

微风送爽长廊下，访客闲来避暑情。

（2015.7.5 草，10.17 改定）

楼外山顶小凉亭

万仞峰头一点红，翼然仙女靓云层。

客来举目啧声赞，山笔画龙她点睛。

山脚水景

飞溅清流鳄卧伏，莲池鱼闹月牙湖。

闲来观景轻临滗，慨叹山幽水更殊。

古北口（三首）

北上途中

轻车一路伴龙游，叠翠西山入画轴。

难忘当年秃岭上，苦撑风雨老石头。

（2015.8.2 草，10.21 改定）

小水镇

戏楼古庙小山村，把橹街溪水自深。

南国风光京北靓，石矶不见旧苔痕！

（2015.8.2 草，10.21 改定）

老驿站

青石驿站马蹄愁，瑟瑟霜寒古砦秋。

边塞曾闻妃子笑，当年这里可风流？

中秋月（二首）

赏月

冰轮剔透暗星繁，小院焚香供果盘。

人在中秋邀玉兔，我擎月饼唤仙蟾。

（2015.9 草，10.23 改定）

叹月

暮景桑榆老迈年，浮生草草马蹄残。

伤情最是中秋月，顾了乡愁顾自怜。

（2015.9 草，10.23 改定）

和园酒店游（三首）

高尔夫球场

绿茵场上草连天，几点流星落碧盘。

莫道玩家皆贵胄，布衣闲趣试初杆。

（2015.10.4 草，11.1 改定）

检阅秋林

电瓶车敞进林园，夹道排排礼肃然。

面对森林一挥手，松衫受阅小童前。

敞篷车驶进秋林那一刻，面对松衫林木，外孙女高喊一声"同志们好！"学起领袖阅兵来了。好天真的一嗓子！

逛别墅区

风情异域小洋楼，玉立婷娇客不愁。

租户遍寻均不见，西方靓女竞风流。

居庸关（三首）

古塞寒秋

寒霜古塞漫苍凉，石瘦草摧风卷狂。

山势铺张油画板，谁调色彩抹红黄？

（2015.11.8）

雄关

雄关隘口势如虹，边塞城堞竖剑峰。

祭起英雄魂与魄，横枪立马保都城。

（2015.11.8）

雾锁关隘

莽莽山峦雾里松，柯枝压雪颤寒风。

雄兵战阵关前亮，策马扬鞭剑气横！

（2015.11.8）

戒台寺（三首）

古松

婆娑树影印宫墙，岁月初芽育李唐？
自有斋心可云汉，更着灵骨傲冰霜。
闻钟谢月迎香客，听鼓接星送落阳。
莲界佛光度尘事，老松禅意佑八方。

（2015. 11.22）

风雪拜庙

风寒雪冷乱英纷，接踵摩肩拜庙人。
遐迩灵台聚香客，如饥朝拜小雷音。

（2015.11.22）

剃度

莲堂剃度拜佛光，禅意从来弟子强。
戒律清规可持否？焚香几炷诵经忙。

（2015.11.23）

紫竹院小题（五首）

河堤柳下一小树顽强求生

河上长堤暗柳烟，求光小树累腰弯。

冷风不晓情中苦，卷地狂抽不吝鞭。

（2013 年草，2016.2.19 改定）

喂鸽子

桥头树下聚欢腾，米撒鸽食滚笑声。

满地蹒跚学步手，爱芽喂大小心灵。

（2013 年草，2016.2.20 改定）

休闲公园

轻歌曼舞转休闲，春夏秋冬练此园。

烦恼情随雾霾去，紫竹院里尽蓝天。

竹傲秋寒

踏进斑竹小翠园，沙沙修叶举刀镰。
高风亮节凌云志，一任秋霜透骨寒。

（2014 年秋草，2016.2.20 改定）

观秋塘有感

残枝败叶一湖凉，赌此休言动感伤。
眨眼春秋又轮换，芙蓉再立满荷塘。

（2014 年秋草，2016.2.21 改定）

赏秋小月河（二首）

小月河夕照

霓虹明灭柳垂烟，歌撒音符顺水欢。
岸上霜林秋染色，拱桥影啃半条船。

（2014 年草，2016.2.28 定稿）

见翁妪漫步元大都旧址堤段

斑斓秋将尽，流水映残花。
霜发寒宫柳，相搀步晚霞。

（2014 年草，2016.2.29 定稿）

品读李葆国先生
《石桥轩吟稿》诗集

人道雅集滋味鲜，孤灯夜品慢加餐。
意凝玉海空灵句，字炼仙炉淬火丹。
转似汀沙痕不露，合如潮水涌无边。
宏开境界浮云鹤，韵在李唐神在先。

车过西南二环

滨河直抵大观园，柳绿花红映水潺。
借问春风欲何往，清香快递到城南。

登临京西永定河观礼台

楼台一望观永定，秋水展幅长画屏。
风苇长堤涂翠绿，雨荷宽岸抹娇红。
惊鸿挥爪撷涛去，烟柳织荫护橹停。
一曲琵琶梦千古，今朝妆就锦观情。

冬末游北宫国家森林公园

借力扶风上小桥，冰开水溅闹鸭潮。
此时湖岸萧萧木，正孕松杉阵阵涛。

（2015.2.18）

昨夜春雨

细雨京城夜洗尘，携妻带女早游春。
西山遥指香炉下，粉面桃花好可人。

（2015.4.12）

晨望西山

闻鸡启牖望西山，惊诧滚峰十里烟。
静待晨曦扯纱幕，一轴山水挂天边。

感觉大观园

云影波光大戏楼，玲珑小院各风流。
亭台似在书中起，我伴夫人字上游。

（2015.4.20）

龙潭湖上柳絮飞

飞白滚雪团，觉似入冬寒。
春育情方好，谁言岸柳闲。

（2015.4.22）

观央视"今日关注"有作

鳞鳞片片夕云起，猎猎丝丝向晚风。
感慨西山吞落日，明朝天象度阴晴？

（2015.5.27）

南来顺里品小吃

豆汁排叉小焦圈，喂大皇城垛口砖。
雨打风吹客依旧，小吃店里找当年。

（2015.5.28）

仰望玉泉山

背靠香山立玉泉，一怀塞北大江南。
神翻黄历凝眸望，酷似当年宝塔山。

（2015.6.2）

忆多年前登上天安门
城楼那一刻

灯红瓦碧古楼台，带雨携风"检阅"来。
广场浪潮声贯耳，今仍萦绕那时怀。

（2015.6.2 夜）

历代帝王庙谒拜所思

血红牌位座金龛，千载君王驻跸闲？
进庙重学中国史，唏嘘一路品哲贤。

（2015.6.3）

雾霾过后

舒腰展臂步悠闲，雀跃枝头对唱欢。
尽享长空碧如洗，清风一扫尽蓝天。

（2015.6.12）

十三陵花海

万紫千红百亩香，蜂吟蝶舞旧河床。
光明灿烂凡尘界，也醉九泉清帝王。

（2015.7.5）

游西郊爨底下村

四合院落小玲珑，边塞屋坡上几重？
栓马桩环尘古道，不闻驹瘦乱嘶鸣。

（2015.7.11）

国人旅游热

又上云层访五洲，机织经纬自风流。
辉煌百业龙腾日，亿万东方转地球。

（2015.7.21）

海淀公主坟

车水通衢路，商家栉比楼。
先魂消寂寞，公主去荒丘。

（2015.8.3）

京郊乡村游
邂逅一欧式小镇

门窗洞砌尖屋顶，城堡劲吹欧陆风。

最美乡村呈岫玉，更添小镇醉游情。

（2015.8.8）

北京昌华森林公园

一石一木卧花神，一水一潭帘瀑闻。

敢问仙家何处去？峭峰亭上裹彤云。

乙未初雪

遍撒梨花素古城，西山披絮走白龙。

既醇醉意银天下，更兆猴年五谷丰。

（2015.11.6）

就餐中央电视塔旋转餐厅

摩天高塔上云层，磨转餐厅日月行。

慢品琼浆透窗看，一圈饕餮老皇城。

（2016.2.20）

外埠捡贝

兴游西安（二首）

长安古城

龙钟凤鼓旧长安，游客城门探古砖。

若问何牵世人目，临潼兵马阵非凡。

临潼兵马俑

兵丁列阵禁军排，御马衔枚护驾来。

此阵当班千载后，依然默默守君骸。

上世纪 80 年代的印象，2011 年诗草。

金陵游（二首）

中山陵

一路拾级汗透衫，回眸坎坷抹平川。
匠心独为先生计，眠此魂舒枢亦安。

总统府

琼楼亭榭府豪门，曲径青幽草木深。
几度兵戈频逐客，翻云覆雨闹乾坤。

青岛游（三首）

崂山道士

云蒸霞蔚俯琼湾，大海滔滔浪滚烟。
道士茫茫杳无讯，莫非坐化已成仙？

（2012.8.18）

中国水准零点

九州此点冠神灵，华盖佛台护井中。
万仞珠峰凭此度，千寻海底始涛声。

（2012.8.19）

滨海栈桥

冲开浪卷狂，横卧一钢梁。
涛去高昂首，潮来作堵墙。

北戴河（七首）

——夏日，曾几度随家人赴旅游圣地。
2013年7月住进外交部公寓小别墅

夜宿外交部公寓诗三首

（1）

风尘一路小盘山，别墅琼台静卧闲。
俯视层层阅花景，侧听阵阵数鸣蝉。
夜眠藤架松间月，晨醒霞披岸上栏。
远望潮头漫天际，泳衣一夜未曾干。

（2）

琼楼层嵌翠山中，鸟语花香看日升。
寓此非独陶我醉，更由大海荡心胸。

（3）

丘寓山庄翠碧森，蝉鸣鸟唱叫精神。
海风抚耳轻声语，部长停骖作比邻。

外交人员下海处

青石几块浪花间，记忆外交闲趣添。
前辈迎潮由此下，后人逐浪蹈先贤。

单车逛海

铃声一串岸边游，来往风凉去暑愁。
圣地浪花陶醉客，更添一景靓滩头。

游海

各泳衣着赶浪头，沉浮潮水练蛙泅。
纵然闹海蛟龙似，人际池中可畅游？

岸边冲沙水龙头

冲沙泳者跣足来，快意喷淋爽满怀。
不谢龙头风雨苦，浪花朵朵为谁开？

山西游（二首）

去太原路上又见黄土高坡留句

干沙薄土瘦牛羊，拜雨求风啃土墚。

此境尘封成记忆，绿涛抹尽旧时黄。

平遥古城

镖局银号旧苔痕，残瓦斑驳巷子深。

不买东湖两箱醋，怎知老字更香醇。

2013 年古城游时，买了两箱东湖名醋。

扬州瘦西湖（二首）

瘦西湖

江南美景殊，饕餮瘦西湖。
玉立花牵手，风流入画图。

归舟

浪推画舫上归途，烟雨笼桥夕照殊。
一路船夫聊不尽，皇家仙女瘦西湖。

三亚风光（十六首）

鹿回头

美丽传说数百年，星移斗转越缠绵。
回头小鹿停山顶，少女含情半岛湾。

（2014.1）

南山松

南山松下影留踪，岁将耄耋心比童。
北纬十八标点处，终年三亚绿葱茏。

（2014.2）

游天涯海角

弹落风尘望海湾，奇葩景卧巨石滩。
一时兴起随人去，两串足痕卧此间。

（2014.2）

古榕

古榕风雨历沧桑，一树青葱老脉长。

根走龙虬盘岁月，枝舒凤翼泄流光。

腰粗几许人合抱，鬑乱无多老迈苍。

情教夕阳常驻守，几根杖拐傲南疆。

（2015.3.3）

大小洞天景中游

花团锦簇瑶台近，又见灵石小洞天。

接踵摩肩探幽客，玄门一入尽神仙。

(2015.11.5)

半山半岛捡珊瑚

蜂涌人潮跣两足，沙滩赶海捡珊瑚。

兴来收获心仪宝，阵阵涛声为我呼。

（2015.11.28）

凤凰机场

听浪琼花四季开，东来紫气壮情怀。
椰林堪比梧桐树，引凤栖巢日夜来。

（2016.1.23）

月川桥下所思

三亚河流走月川，虹桥上下涌车船。
天涯昨日山村小，海角今朝大海关。

（2016.1.25）

夜走迎宾路

横空灯串红黄绿，飞架彩虹十里桥。
情导迎宾五洲客，求凰引凤夜归巢。

（2016.1.26）

迎宾路两旁植棕树

北纬十八三亚火，可曾燠热似蒸锅？
迎宾路上排棕树，摇动凉风扇子多。

（2016.1.27）

味品《一块豆腐》

遍尝三亚酒家鲜，自是正宗一片天。
小店餐厅人若市，老年字号品真传。

（2016.2.1）

亚龙湾偶见木瓜树

花叶搭棚伞护荫，满爬嫩果缀青芬。
情如膝绕天伦乐，儿子缠脖搂爸亲。

（2016.2.2）

三亚湾某饭店门前一大树爬满藤花

花爬藤绕俏枝条，食客围观慢品嚼。
老树凭花增美色，缠藤就势欲攀高。

（2016.2.4）

满街跑摩托

嘀嘀脆响小摩托，灯绿闸开滚浪波。
速度流金三亚富，单骑不日变豪车。

（2016.3.1）

路口凉棚赞

长街路口大凉棚，避雨遮阳导路行。
游客虽乘凤凰去，更留褒奖赞边城。

（2016.3.1）

南海观音

立地海天佛一尊，众生普度善修真。

慈祥一座莲花女，怎是砍樵男变身？

传说此佛为男儿变女身。

（2016.3.2）

三亚居所小区（九首）

陪客遛弯儿

板桥错落数回塘，翠绕虹飞指点忙。

花簇迷宫府何处？五椰树下海风凉。

（2014.2）

紫藤沙发

藤编经纬软沙发，静卧临池就草花。

夜半翁来寻北斗，银星一闪落谁家？

（2015.12.15）

又聚凉亭

丛花亭下水叮咚，伴奏箫歌老迈翁。

北调南腔群候鸟，夏来不日各西东。

（2015.12.15）

品椰蓉

插管吸汁趁水凉，空壳刀砍两分张。
轻剜细品椰蓉肉，堪比花生味道香。

（2015.12.15）

泳池

一片青蓝闪月明，两三椰树映池中。
终年春夏明媚日，快意逍遥四季情。

（2015.12.15）

旅人蕉

形似芭蕉扇丈高，时髦晒宝老牛潮？
亏无公主魔王洞，省却猴哥走一遭。

（2015.12.15）

曲廊架下

回廊九转水相通，几片彤云渡月宫？
似见嫦娥翩起舞，两三佳丽数花铃。

（2015.12.16）

路口喷泉

临窗路口一高坛，入夜直喷五彩泉。
路绕迷途找宅邸，蓦然一见自心安。

（2015.12.16）

火湖

浓荫桥下火湖凉，草长莺飞水溢香。
甲藻虽无也称火，应缘火烈鸟群忙。

火湖：小区一湖名。
甲藻：一种海洋生物，它所含荧光酵素遇活水氧化反
应出"火光"。

海南富力湾留句（十三首）

冬住富力湾有感

嫣红姹紫间，绿抹小桥弯。

鹤舞菩提树，溪吟卧谷泉。

庭前观海浪，窗后赏夕烟。

疑误瑶池界，飘然我欲仙。

（2014.2.5）

山头泳池

送客车攀绕翠屏，泳池安座小山峰。

俊男臂揽椰风绿，靓女发沾花雨红。

绝顶瑶台彩虹里，半坡池镜海蓝中。

飞身一跃超凡界，浴后神仙卧榻汀。

（2015.2.5）

两大沙雕观感

惊眸兀立对金山，浮刻凸凹蹦海鲜。

海市蜃楼临岸景，台风一怒甩沙滩。

（2015.2.5）

窗外小湖

窗外明湖清水湾，轻舟一叶荡悠闲。

夕辉包裹风凉夜，星月船家共枕眠。

（2015.12.11）

乘摆渡车游小区

一林椰梦润清凉，摆渡车钻九转肠。

滩路行程数公里，饱餐一顿海风光。

（2015.12.11）

凉台观海

凉台十米敞胸怀，一任海风扑面来。
放眼滩涂潮又起，涛声依旧浪花开。

（2015.12.11）

业主清晨买海鲜

劈波斩浪赶潮回，返港渔舟载月归。
业主相约买鲜货，无人知是趁星辉。

（2016.1.28）

水坛小品

鲜花层绕小池开，水溅顽豚跳将来。
可叹群无知海者，飞姿格定乐童孩。

（2016.1.28）

鱼卡风墙小品

残垣岂挡浪涛狂，就势鱼飞欲上房。
设计线条没给力，头出尾露卡风墙。

阅海

凭栏阅海一天蓝，远眺耕波弋舰船。
近矗石尖昂首立，神针定海老年间。

（2016.1.28）

祥云飞渡

临窗远眺小山峰，飞渡祥云赶会盟？
叹惋不知尊洞府，难寻五指老仙翁。

五指：即五指山。

（2016.1.30）

滨海居闲

窗后才吟翠绿山，门前又颂海扬帆。

楼台椰树晨霞裹，亭榭泳池夕照闲。

出海游龙御风去，飞阁彩凤抚山眠。

腾云上有天堂美，落地天堂富力湾。

（2016.1.31）

浥漉轻尘

榕雨漫池溪水潺，椰风甩浪打沙滩。

时空何处喉难润？翠叶欲滴花自鲜。

（2016.1.31）

烟台游（六首）

乘和谐号机车赴烟台

点赞和谐子弹头，龙飞似箭箭镞愁。

朝发夕至新一代，满载风流傲五洲。

早点京南，午餐烟台。

（2015.8.14）

夜逛烟台海滨

一路匆匆到海边，惊疑不见大沙滩。

灯杆一列齐肩立，铁索两条双手牵。

广场霓虹迎远客，长堤暗雾锁飞烟。

浪花初梦腾诗意，潮退波息夜入眠。

在去过的海边中，这里有不一样的感觉。

（2015.8.14）

烟台山上四首诗

射鱼台

不听徐劝赖秦皇，毒射神龟命却亡。
留此平台何所示，客来指点走匆忙。

徐：即徐福。

（2015.8.14）

烽火台

烽台仙雾锁山来，垛口无牙老将才。
盖世功高殊可敬，小城感此冠烟台。

（2015.8.14）

百年冬青长廊

枝绕藤交绿梦长，浓荫一卷裹夕阳。
传说红线牵男女，情侣缠绵探洞房。

烈士纪念碑

碑座山头气宇昂，雄浑大地作脊梁。

人虽鱼腹魂仍在，日夜戍边盯海洋。

（2015.8.14）

游刘公岛（七首）

航标灯

浪涌航标海燕惊，缘由船奔岛刘公。
此情惊诧山来客，"海上时髦不倒翁"。

（2015.8.15）

中华海坛

驻跸神灵紫气腾，龙坛赑屃颂刘公。
驱魔笞寇英雄岛，何惧狂涛又一重。

（2015.8.15）

海军公所

一忍沧桑几院闲？荒芜空荡诉当年。
悲凉仍有雄风在，壮我今朝海舰船。

拜谒海军公所"决胜庙算"
室内会议将领蜡像群

海魂蜡像敬怦然，帷幄运筹临战前。
敢教男儿一腔血，去拼忠义撞敌船。

（2015.8.15）

甲午战争博物馆观后

沉沙折戟腹鱼肠，铗炮斑驳痛感伤。
血雨腥风一堂课，男儿横槊慨而慷。

生威刘公岛

见证硝烟甲午风，曾经浴火又重生。
一身胆气生威虎，怒目乱云飞渡东！

登上定远舰

炮火烟吞定远沉，英魂今又露容真。

仿形自有其中意，送给心中邓大人！

（游刘公岛后旋即登临定远舰，故将诗缀此组后）

定远舰管带刘步蟾，致远舰管带邓世昌。

这里的"邓大人"为其代表人物。

（2015.8.15）

蓬莱阁（二首）

远观

丹霞隐殿岛琼湾，碧瓦瑶台聚众仙。

游客蟠桃会东海，骑麟驾鹤赴悠闲。

（2015.8.16）

登临二楼

蓬莱老酒醉八仙，卧地趴床枕浪眠。

蹑脚丹桥揖户里，飘然我也彩云间。

（2015.8.16）

夕晖诗草

094

济南（三首）

泉城

千佛山挽大明湖，一片晶莹碧玉珠。

谁首七十二泉水，趵突自古上王书。

七年前去过泉城。（2015.8.20 作。下同）

趵突泉

颈抻争看趵突泉，一朵盛开银牡丹。

敢问源头可通海，循环往复到何年？

游趵突泉公园有感

雾藤烟柳翠滴鲜，醉里芙蓉展笑颜。

此处爽心清肺腑，皆因一步一清泉。

南海海滨拾贝（十四首）

登上海边瞭望台

席卷满怀潮，冲台浪乱摇。

休责风助虐，白发海惊涛。

（2015.2 草，9.1 改定）

海滩风情

竹篱板舍小阳蓬，饕餮久馋南海风。

潮赶跣足拍岸去，沙埋童趣了无形。

浣纱乡女挑椰卖，归棹渔夫理货亭。

榕雨椰风陶醉客，飘然似入广寒宫。

（2015.4.1 草，9.1 改定）

椰梦沙滩阅大海

椰风一路吻腮柔，爽袂沙滩放远眸。

帆影逐涛钻浪尾，鸥群戏水剪潮头。

俊男奋力劈波泳，靓女轻松驭艇游。

忘返流连欢乐谷，夕阳醉挂翠竹楼。

（2015.11.5）

海边摘浪花

霞雾腾山滚下来，朦胧叠墅绿云裁。

追云逐海推潮去，摘朵浪花心上开。

（2016.1.28）

海聊

椰林树下海风凉，情侣缠绵话语长。

大浪从来解人意，随潮一退去匆忙。

（2016.1.29）

海棠湾偶见有鸟巢元素一酒店

一路沿堤逛海滩，椰风挽我海棠湾。

首都情愫南疆遇，一顿"鸟巢"饕餮餐。

沙滩大木伞

金鸡独立伞开圆，一柱沙滩竖几年？

不惧台风狂浪吼，渔翁等海望归帆。

三亚海岸一线湾连湾

三亚手拉香水牵，中间浩荡海棠湾。
湾湾精品层别墅，岸岸豪华酒店山。
榕雨卷潮亲大海，椰风举浪吻蓝天。
风光旖旎瑶池逊，陶醉嫦娥卧海滩。

香水湾某饭店沙滩竖块
红字"海誓"大石头

寿石月老立沙滩，情侣相依"海誓"言。
虽不"山盟"更携手，相牵大海送扬帆。

（2016.2. 8）

石梅湾沙岸竖"南海最美海湾"几个大字

领略琼州最美湾，天涂青灰海涂蓝。

石梅湾里梅何在？三两渔舟四五山。

（2016.2.9）

避风港里渔家船

户牖开间水上房，船托家小聚成庄。

清晨湾里村无影，再组听涛问海洋。

（2016.2.11）

听涛

沙滩伞下海风强，助力推潮浪卷狂。

最美涛声萦耳醉，音符撒落溅身旁。

（2016.2.13）

看浪

远看海边凹字湾，白龙群仔戏波间。
摇头摆尾饶添趣，乐醉骄阳忘下山。

（2016.2.14）

榕·柏

古榕琼岛柏京城，一样精神两样情。
鼓暴青筋寿星老，一钟长夏一钟冬。

海南分界洲岛（五首）

登攀"前（钱）途无量"山阶

举步山阶往上攀，乾隆通宝尽银元。

前途不再心中事，已作残烛老迈年。

（2016.2.5）

山腰咖啡厅观海

遥望天边海雾蒙，近惊狂浪撼娇亭。

几根柱脚能持否？一饮咖啡奔顶峰！

（2016.2.5）

山顶"官帽"前

游客谦恭跪拜忙，缘由"官帽"扣山梁。

如知一戴千斤重，何必多烧这炷香。

"分界洲岛"四个大红字刻在山顶一巨石上

吨石卧岛巅，压下一砣山。

大浪呼天叫，花开几度残。

（2016.2.5）

斧劈山小品

神功鬼斧力劈山，此举留今解惑难。

五指灵山无一少，何言小岛斧开先？

（2016.2.5）

留句香港（三首）

电梯送客高山旅游景点

万仞高山不必愁，电梯送客上峰头。

风光无限陶人醉，忘返夕阳伴下楼。

（2010.3 草，2016.2.29 改定。下同。）

空中走人地上行车

电梯送客走连廊，车水马龙廊下忙。

莫道人稠街市窄，风尘两路赶夕阳。

留影金紫荆广场

留影荆花广场前，维多利亚更流连。

一腔热血心激荡，难忘回家那一年！

青城山上背山工

何惧青城万仞山，弓身负重老君前。

汗滴坎坷崎岖路，为梦珠峰也敢攀。

二十多年前去过青城山，

背山工沉重的背影至今清晰。

（2015.3.3 作）

夜游上海外滩

摩楼林立浦东湾，月钓笛声几许船？

北往南来商旅客，华灯十里锦城喧。

苏州水乡

青苔深巷酒旗风，船走街溪荡水声。

窗影苗条淑女唱，飘来一路水乡情。

题盘山挂月峰

雄峰挂月傲苍天，舍利塔尊峰首端。
疑是君王挥剑处，至今豪气刺云残。

题风力发电

天降哪方神，擎高小火轮。
长风来就势，日月转乾坤。

张北大草甸

莽原玉甸望无垠，几片秋深抹紫痕。
不再狼烟起边塞，马蹄响过脆鞭闻。

清东陵印象

石兽石人冷庙堂，眠妃眠后寝清皇。

依然天子君临势，谕旨保安杨二郎。

2008 年 5 月 3 日游东陵。

（2015.8.24 作）

忆老龙头

常忆曾经古塞游，雄关昂首老龙头。

东方剑雪当年耻，不让边城血再流！

多年前，曾随单位组织的秋游去过老龙头。

（2015.10.27 作）

丙申初夜思家乡念寅弟为其步入七秩有二作

轿车几处卧柴门，风扫鸡鸣古道尘。

阡陌又添苍发老，也曾庄上第一人！

（2016.2.8 猴年初一．于海南三亚）

題诗留字

贺武内弟购得新居一套

不患夕阳落下山，闲庭自有举杯欢。

青蚨莫悔囊羞涩，花甲迎春庆梦圆。

（甲午）

写给妻妹小外孙女的诗

初饮三秋雨，开嚼二短长。

卢沟家燕小，情系在朝阳。

（甲午）

致振升等老战友

仗剑青春去，弹尘挂甲还。
太行秋共老，笑侃耄耋闲。

（甲午）

为姐夫八十大寿而作

柴门别去远，风雨古城东。
今满闲庭醉，苍然不老松。

（乙未）

诗赠企业老板刘先生

闲说风雨话彷徨，商运鸿飞过大洋。

岁月情钟秋叶老，酿成事业酒醇香。

（乙未）

诗赠松先生

识荆岁在老崇文，今数从头日月痕。
公子留洋飞彼岸，花开绮梦后来人。

（乙未）

诗赠小嘉峰

五一酒宴小龙庭，情教干妈喜做东。
苦运文思诗不句，俯拾爱字送嘉峰。

龙庭：一酒店名。

（乙未）

燕杰为我校书稿

寒窗饕餮苦，学富五车书。

校我诗文稿，残灯一夜孤。

（乙未）

为外孙女读初一而作

举目蓝天阔，霞关万里苍。
雏鹰新亮翅，风雨渡初尝。

（乙未）

写在孙女五岁生日

翻图问字来，念报小婴孩。

感此求知切，书山径自开。

（丙申）

写给女儿的七绝

十年异国树难栽，情系京花月季开。
归燕衔泥巢共暖，偷闲对镜赶潮来。

（丙申）

写给儿子的诗

一路攀登万仞山，寒窗十载闯霞关。

而今立地参天树，担雨挑风左右肩。

（丙申）

附：女儿海涛的几首诗作

漫步室外

碧空如洗亮屋檐，喜见黄莺鹤立闲。
既赏乘风雾霾去，缘何不翼上蓝天？

贺某网友令郎新禧

羊城遥庆令郎婚，千里拳拳一颗心。
送首拙诗权当酒，何劳君再杏花村。

品奶茶

奶茶冬品沁窗花，可汗蹄轻快递家。
户外爆竹辞旧岁，庭间清气孕春芽。

他的梦

没有翅膀却飞遍七大洲，

没有泅鳍却畅游四大洋。

去西海岸跣足拾贝，

上埃菲尔铁塔昂首畅想……

披星戴月，与时间赛跑，

呕心沥血，奔忙着自己的奔忙。

但他，再忙再累

总把一颗心栓在我床头

我多愿，多愿变成七彩笔

帮他把梦涂得更加灿烂辉煌！

后记

人生苦岁短，眨眼鬓秋霜。

七秩有四的我杖步华夏秀美山川——南疆三亚采风，北国大庆访贤，东海青岛逐波，西域成都览胜，足迹留在了大半个中国，且手拿秃笔在过往的游兴中采撷岁月绿叶，捕捉心潮浪花，编织一首首旧体小诗，现捡将起来装订成册，曰：《夕晖诗草》。此集是我心血的结晶、兴趣的浓缩，更是献给广大诗歌爱好者的第五朵小玫瑰！

如果说我的《绝句诗文集》是一本诗路向导的话，那么此集则是格律诗作实践的探索，二者可谓姊妹篇。毋庸讳言，几千年华夏文明是在不断发展变化的。诗词有发展，当然组成诗词的"字"的音标也有变化，所以此集"字"的音标均以《现代汉语词典》为准。拙集诗作分为三辑，前两辑：一为京城拾珠，二为外埠捡贝。因兴趣书法，曾为亲朋好友赠诗留墨，选取十二幅以"题诗留字"辑在最后。

不知何时何种原因，女儿海涛对诗也产生了兴趣，

草后收入诗囊。现捡出几首附于书之正文后，请大家
赏评。

　　"达情贵阅世，好诗贵知今"，非常感谢《稻香湖》
诗刊主编、著名诗人、诗歌评论家王耀东老先生发来
的热情洋溢的贺词，和为本诗集所作的中肯诗评，余
礼敬以之代序，感此深表谢意。

　　　　作者于京城西山山麓寒舍
　　　　丙申仲春初稿，季夏定稿